Texte : Gilles Tibo
Illustrations : Fanny

Turlu Tutu et le mystère des ronflements

À PAS DE LOUP

Niveau
3

Je dévore les livres

D0543919

Dominique et compagnie

À pas de loup avec liens Internet

www.dominiqueetcompagnie.com/pedagogie

ouvre la porte à une foule d'activités pour les enfants, les parents et les enseignants. Un véritable complément à l'apprentissage de la lecture !

**Catalogage avant publication
de Bibliothèque et Archives Canada**

Tibo, Gilles, 1951-
Turlu Tutu et le mystère des ronflements
(À pas de loup. Niveau 3, Je dévore les livres)
Pour enfants.

ISBN-13 : 978-2-89512-491-7
ISBN-10 : 2-89512-491-4

I. Fanny. II. Titre. III. Collection.

PS8589.I26T875 2006 jC843'.54 C2006-940541-7
PS9589.I26T875 2006

Directrice de collection : Lucie Papineau
Direction artistique et graphisme :
Primeau & Barey
Dépôt légal : 3e trimestre 2006
Bibliothèque et Archives nationales
du Québec
Bibliothèque nationale du Canada

Dominique et compagnie
300, rue Arran, Saint-Lambert
(Québec) Canada J4R 1K5
Téléphone : (514) 875-0327
Télécopieur : (450) 672-5448
Courriel : dominiqueetcie@editionsheritage.com

www.dominiqueetcompagnie.com

Imprimé au Canada

10 9 8 7 6 5 4 3 2 1

Nous remercions le Conseil des Arts du Canada de l'aide accordée à notre programme de publication.

Nous reconnaissons l'aide financière du gouvernement du Canada par l'entremise du Programme d'aide au développement de l'industrie de l'édition (PADIÉ) pour nos activités d'édition.

Nous reconnaissons l'aide financière du gouvernement du Québec par l'entremise du Programme de crédit d'impôt pour l'édition de livres – SODEC – et du Programme d'aide aux entreprises du livre et de l'édition spécialisée.

À toutes les victimes
des ronfleurs

TIBO

Je m'appelle Turlu Tutu et j'habite dans un gratte-
ciel de cent quarante étages. Lalalère et lalala,
je chante avec mes amis. Plif, plaf, plouf! nous
crions de plaisir en sautant dans la piscine. Hiiiiii!
nous hurlons de peur au cinéma. Ha! Ha! Ha!
nous éclatons de rire au restaurant.

Je ne sais pas pourquoi, mais, aujourd'hui,
l'immeuble est rempli de bruits. J'écoute, bien
malgré moi, la voix stridente des gens qui
se disputent. J'entends aussi des radios,
des télévisions, des aspirateurs, des réveils
qui sonnent, des bébés qui hurlent, des portes
qui claquent...

Ce soir, j'ai les oreilles fatiguées. J'enfile mon pyjama en bâillant, puis, encore en bâillant, j'embrasse mes parents et, en bâillant de plus belle, je me laisse tomber sur mon lit. Je ferme les yeux et je m'endors aussitôt.

Soudain, un incroyable bruit me réveille. Ron, ron, ron... Qu'est-ce que c'est?

Ron
Ron
Ron

Un avion qui tourne au-dessus de la maison?

Une tondeuse à gazon?

Léon le lion qui
croque des bonbons?
En pleine nuit?

Clac ! Je ferme la fenêtre de ma chambre.
Mais j'entends toujours l'incroyable ron, ron,
ron… Je me cache sous les couvertures,
sous mon oreiller, sous le tapis. Rien à faire.

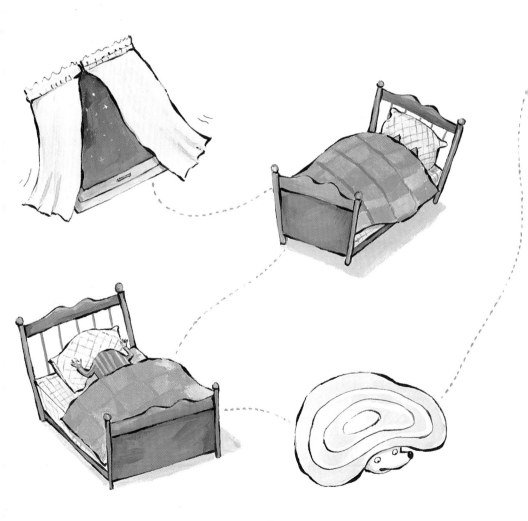

Je m'enferme dans mon coffre à jouets, dans une grosse malle, dans le fond de ma garde-robe. Mais, partout, partout, j'entends cet horrible ron, ron, ron… qui m'empêche de dormir.

Je quitte la garde-robe pour savoir d'où provient ce tintamarre. Peut-être que quelqu'un ronfle dans ma chambre. Mais non ! Mon ourson Simon dort comme un bon. Mon poisson Suzon et Lulu ma tortue dorment sans faire de bruit, comme Lili ma souris. Léon mon caméléon somnole sur son édredon.

Mais alors, qui donc ronfle aussi fort ?

En bâillant, je vais vérifier dans le salon. Mon serin Martin, ma perruche Coluche, mon boa Léa ainsi que mes sauterelles Isabelle, Annabelle et Giselle dorment à poings fermés. Et toujours ce ron, ron, ron... qui fait vibrer les meubles du salon.

Je vais voir dans la chambre de mes parents. Ils dorment sans bouger, sans se retourner, sans se tortiller, sans ronfler. Et toujours ce ron, ron, ron... qui fait clignoter les lumières au plafond.

Incapable de me rendormir, je vais jeter un coup d'œil dans le couloir. J'aperçois mon ami Fanfan l'éléphant qui me dit en bâillant :

–Impossible de dormir, quelqu'un ronfle quelque part.

–Oui, mais où ?

–Nous ne pouvons quand même pas fouiller les cent quarante étages du gratte-ciel, soupire Fanfan.

Soudain, bing ! j'ai une idée géniale :

–Viens avec moi, Fanfan ! Nous allons visiter tous ceux qui ont un gros nez... Et ceux qui possèdent les plus gros nez, ce sont les membres de ta famille !

À peine entrés chez Fanfan, nous entendons d'épouvantaaables ron, ron, ron... et encore des ron, ron, ron...

Fanfan n'en croit pas ses oreilles. Ses parents ronflent tellement fort que les tableaux vibrent sur les murs. Alors, en faisant bien attention de ne pas réveiller monsieur et madame Léléfanfan, je glisse leur trompe sous leur oreiller. Ils cessent aussitôt de ronfler.

Fanfan et moi, nous écoutons enfin le silence pendant une, deux, trois secondes, puis nous entendons encore un épouvantaaable ron, ron, ron… Ah non ! Quelqu'un d'autre, quelque part, ronfle à tue-tête. Cette fois-ci, le bruit semble provenir des étages supérieurs.

Je dis à Fanfan :
— Viens avec moi, je connais un gros nez au
centième étage !

Nous empruntons l'escalier de service et nous
nous arrêtons devant la porte de monsieur
Hippo, le cuisinier affublé d'énooormes narines.
— Comment allons-nous entrer ? demande
Fanfan en bâillant.

Je m'empare de la clé cachée sous le paillasson. Clic! Nous entrons chez monsieur Hippo. Étendu sur le canapé du salon, devant la télévision, il ronfle à pleins poumons. Ron, ron, ron... et ron, ron, ron...

Fanfan et moi, nous glissons des brins de persil, quelques feuilles de laitue et des morceaux de radis dans les grosses narines de monsieur Hippo. Il cesse de ronfler immédiatement... Mais, ah non! Ron, ron, ron... et ron, ron, ron... Quelqu'un d'autre ronfle quelque part.

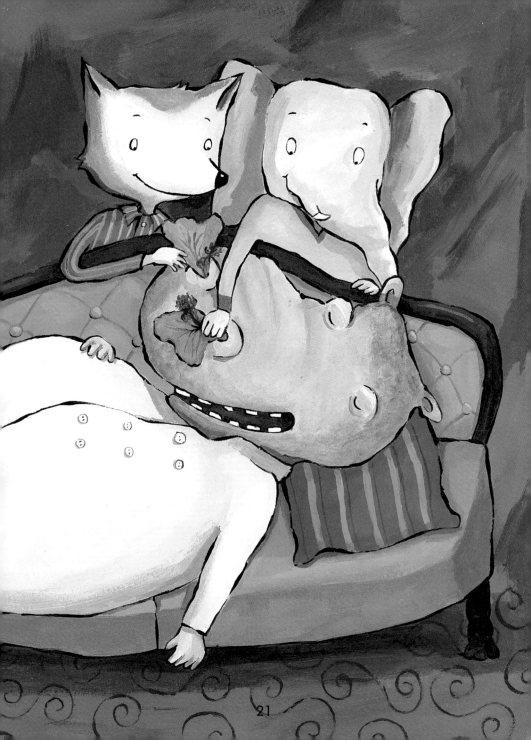

Fanfan et moi, nous courons chez madame Dro Madaire, qui possède un giiiganteeesque museau ! Elle ronfle tellement fort, ron, ron, ron… et ron, ron, ron… que le papier peint se décolle des murs du salon.

Pour qu'elle cesse de ronfler, nous lui remplissons les narines d'eau fraîche. Et la grosse bosse de madame Dro Madaire se remplit d'eau. Le ronflement s'arrête immédiatement. Mais, ah non ! Ron, ron, ron… et ron, ron, ron… Quelqu'un a pris le relais.

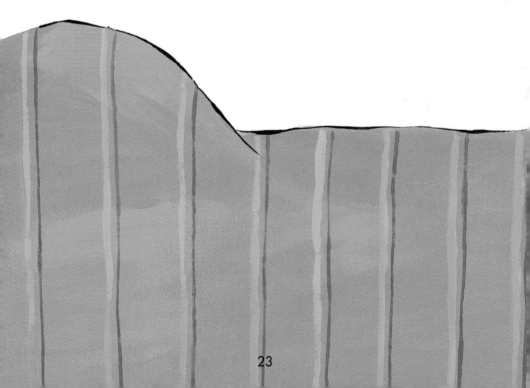

Fanfan et moi, nous descendons chez monsieur
et madame Rhino, qui sont bien pourvus en
appendice nasal. Ils ronflent tellement fort que
les meubles dansent la salsa. La cuisinière
se dandine dans le salon et la télévision sautille
dans la salle de bains.

Fanfan et moi, nous leur chantons une jolie
berceuse :
– Faites dodo, mes jolis rhinos, faites dodo,
z'aurez du gâteau...

Et puis, en leur caressant le front, nous ajoutons :
– Ron, ron, ron, petit patapon... trois petits tours
et puis s'en vont...

Monsieur et madame Rhino glissent dans un
sommeil profond. Le silence total ne dure que
le temps d'une inspiration, car, soudain, ah non !
Ron, ron, ron... et ron, ron, ron... Quelqu'un
d'autre ronfle quelque part.

Fanfan et moi, nous nous précipitons chez nos amis les cochons Rose. Toute la famille Rose ronfle à pleines narines en dégageant des odeurs épouvantables. Pouach ! Pouach ! Pouach ! Et ron, ron, ron…

De plus en plus fatigués, Fanfan et moi, nous vaporisons du parfum dans toutes les pièces de la maison des cochons. En inspirant les fragrances, la famille cesse de ronfler.

Mais, ah non ! Ron, ron, ron… et ron, ron, ron… Quelqu'un d'autre ronfle quelque part. Ça ne finira donc jamais ?

Absolument découragés, Fanfan et moi, nous nous écroulons dans la cage de l'escalier.
Je demande en bâillant :
—Avons-nous fait le tour de tous les gros nez ?
—Je ne sais pas… je suis trop fatigué, murmure Fanfan qui, aussitôt, s'endort… en ronflant.

Je suis tellement épuisé que je m'endors dans les bras de mon ami. Je fais un horrible cauchemar : je rêve que nous ronflons et que nos ronflements, amplifiés par la cage d'escalier, se propagent dans les cent quarante étages du gratte-ciel. Je rêve que Fanfan et moi, nous nous faisons réveiller par six cent vingt-sept locataires en colère, qui nous crient :
– SILENCE ! NOUS VOULONS DORMIR !

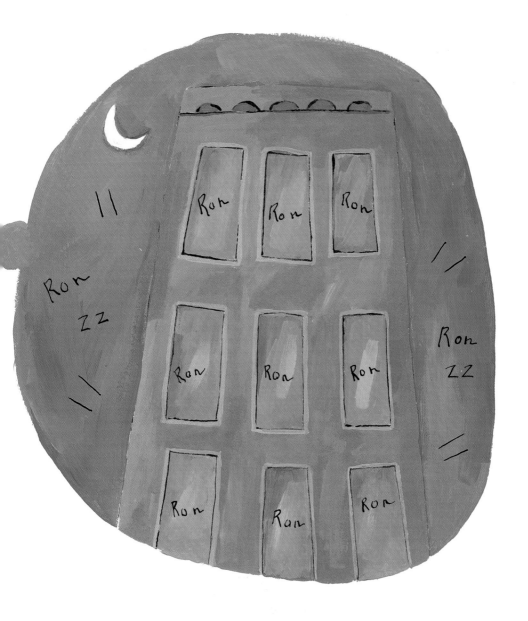

Et c'est justement ce qui nous arrive !